N° d'Éditeur : 10041185 - (II) - (14) - CSBT-170
Dépôt légal : juillet 1997
Impression et reliure : Pollina s.a., 85400 Luçon - n° 72372-B
Conforme à la loi n° 49 956 du 16 juillet 1949
sur les publications destinées à la jeunesse.
ISBN : 2-09-202103-6
© Éditions Nathan (Paris-France), 1997

LES TROIS
PETITS COCHONS

Conte traditionnel
Illustré par Agnès Mathieu

NATHAN

Il était une fois trois petits cochons
qui s'en allèrent chercher fortune de par le monde.
Le premier rencontra un homme qui portait
une botte de paille, et il lui dit :
– S'il vous plaît, vendez-moi cette paille pour me
bâtir une maison.
L'homme lui vendit la paille, et le petit cochon se
bâtit une maison.

Le deuxième petit cochon rencontra un homme
qui portait un fagot de bois, et il lui dit :
– S'il vous plaît, vendez-moi ces bouts de bois
pour me bâtir une maison.
L'homme lui vendit les bouts de bois et le petit
cochon bâtit sa maison.

Le troisième petit cochon rencontra un homme
qui transportait des briques, et il lui dit :
– S'il vous plaît, vendez-moi ces briques pour
me bâtir une maison.
L'homme lui vendit les briques et le petit cochon
se bâtit une maison.

Bientôt après, le loup arriva chez le premier petit cochon, et, frappant à la porte, il s'écria :

– Petit cochonnet, petit cochonnet, laisse-moi entrer.

Mais le cochonnet répondit :

– Non, non, par la barbiche de mon petit menton, tu n'entreras pas !

Alors le loup répliqua :

– Eh bien, je soufflerai, et je gronderai, et ta maison s'envolera !

Et il souffla, et il gronda, et la maison de paille s'envola.

Alors le petit cochon courut aussi vite qu'il put, et alla se réfugier dans la maison de bois.

Bientôt après, le loup arriva chez le deuxième petit
cochon, et il dit :

– Petit cochonnet, petit cochonnet, laisse-moi entrer.

– Non, non, par la barbiche de mon petit menton,
tu n'entreras pas.

– Eh bien, je soufflerai, et je gronderai, et ta maison
s'écroulera !

Et il souffla, et il gronda, et la maison de bois
s'écroula.
Les deux petits cochons prirent leurs jambes
à leur cou, et aussi vite qu'ils purent,
ils filèrent jusqu'à la maison de brique.

De nouveau le loup arriva, et dit :

– Petit cochonnet, petit cochonnet, laisse-moi entrer.

Mais le cochonnet répondit :

– Non, non, par la barbiche de mon petit menton, tu n'entreras pas.

Alors le loup répliqua :

– Eh bien, je soufflerai, et je gronderai, et ta maison s'effondrera !

De sorte qu'il souffla, et il gronda, et il souffla, et souffla encore, et il gronda, et gronda encore, mais la maison de brique ne bougea pas.

Alors le loup, très en colère, décida de descendre
par la cheminée pour manger les trois petits cochons.
Mais ceux-ci se dépêchèrent de mettre une grande
marmite d'eau sur le feu, et juste comme le loup
descendait, ils soulevèrent le couvercle, et le loup
tomba dans l'eau bouillante !

Les petits cochons remirent bien vite le couvercle,
et quand le loup fut cuit,
ils le mangèrent pour leur souper.

Regarde bien ces images de l'histoire.
Elles sont toutes mélangées.
Amuse-toi à les remettre dans l'ordre !

Que répondent les petits cochons
au loup quand il veut entrer
dans leur maison ?

Non, non,
par la barbiche de mon petit menton,
tu n'entreras pas !

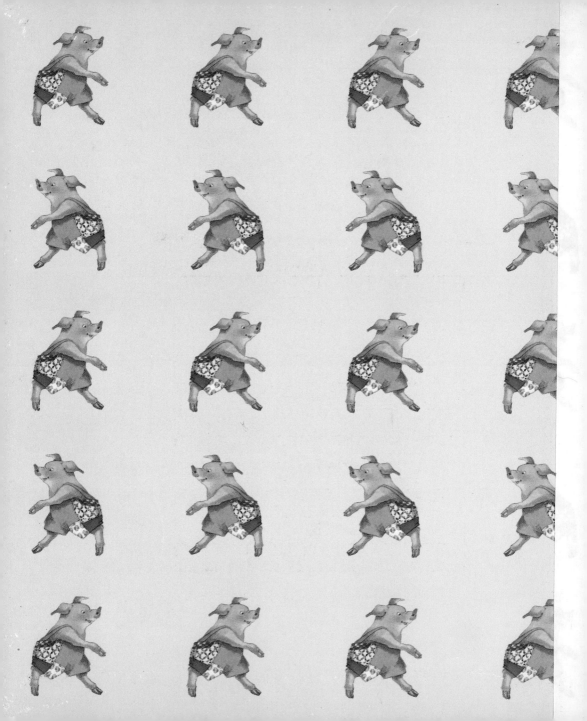